公公和寶寶（二）

齊玉 編

再版序

編完《公公和寶寶》四集的兒歌之後，我發現自己好像變小了，開始喜歡跟小朋友聊天，唸自己編的兒歌給他們聽。在偶然的場合裏，每當碰到聰明活潑的小孩子，我都會藉機寫一首《公公和寶寶》裏的兒歌唸給他們聽，順道講解裏面的漫畫故事。看到他們聽完之後高興的樣子，內心總有說不出的喜悅。日前，在一場婚宴中，我同樣的為鄰座一位叫許靜怡的小女孩寫了一首我常寫的〈自責〉：「寶寶不讀書，想要玩嘟嘟。……」在我唸完之後，看著她那天真的笑容和可愛的表情，不禁回憶起二十多年前我的孩子們唸《公公和寶寶》兒歌時的模樣，往日的情景驀然浮現在眼前。

《公公和寶寶》出版至今，已經過了二十五個年頭。在這四分之一世紀漫長的歲月裏，在不知不覺中，我從自己孩子們的「爸爸」一躍而成了他們自己孩子時雨、雨澄和澄風的「爺爺」。每在聽到孫子孫女們朗讀我二十五年前所編的兒歌：「寶寶不讀書，想要玩嘟嘟。」公公說不行，寶寶就大哭。……」甚至看到遠在夏威夷才一歲多的孫子毛可安聽到「……想想不應該，自己打屁股」會伸出小手打自己屁股的時候，心中感慨萬千，恍如時光倒流，自己好像又回到了從前。

這套曾被選做幼稚園教材，也被列為小學優良課外讀物，且深受老師及家長肯定的《公公和寶寶》裏面有趣的漫畫和押韻的兒歌，可以代代相傳，似乎不受時空的影響。今日我當爺爺所感受到《公公和寶寶》的教育意義與昔日當爸爸所感受到的幾乎沒有兩樣。在對《公公和寶寶》教育價值的認知上，三民書局暨東大圖書公司劉振強董事長最早認同我的理念，至今還是一樣。為了讓《公公和寶寶》更為生動活潑，劉董事長決定重新編排，描繪上色。我因生平最熱愛的這套漫畫兒歌書獲得第二春而為讀者感到慶幸，我心中也滿懷感恩。

在《公公和寶寶》彩色版問世的今天，我要由衷的再度感謝我在西德唸書時教德文課的德國老師畢爾克(Birck)先生，他首次引領我讀《公公和寶寶》漫畫的德文原作“*Vater und Sohn*”。感謝內人謝素玉昔日風塵僕僕到各小學推介這套書的辛勞。感謝我的四個孩子郁平、治平、健平和振平，他們是最早的《公公和寶寶》的讀者。感謝我的女婿杜章安、二媳林以涵和三媳林佳芸，他們對《公公和寶寶》的肯定給了我很大的鼓勵。感謝三民書局王韻芬小姐大力協助和編輯部工作伙伴的完美編排和美工設計。我更要再三感謝劉董事長，由於他的睿智卓見，《公公和寶寶》才得以出版，而今又推出彩色版。希望《公公和寶寶》不負眾望，能為孩童帶來快樂，為家長帶來啟示，為家庭帶來溫馨。

兒歌編者謹識

民國九十六年十一月十一日於臺南

序

本書中的漫畫取自德國“E. O. Plauen, *Vater und Sohn*”一書，本應譯為《父親和兒子》，但由書中畫像看來，似乎以《公公和寶寶》較為合適，而念來也較親切。

在編完《公公和寶寶》第一集之後，一股強烈的力量驅使我繼續編寫第二集。那時我雖然正忙著準備發表論文和考試，但仍然盡力抽出時間，以懷著寫第一集時同樣的心情繼續編撰《公公和寶寶》第二集的兒歌（因原書無兒歌）。

雖然德國的夏季和初秋景色宜人，但是其餘的日子大都是少有陽光，有時陰風凄雨，使人有像岳陽樓記裏的「去國懷鄉，滿目蕭然」的感慨。尤其在單人宿舍寢室裏，每當深夜，孤燈獨坐，窗外寒風颼颼，點點雨滴打在窗上的時候，一股莫名的凄清會不禁襲上心頭，頓時有自己像孤舟在汪洋中漂搖的感受。我曾經這樣寫道：「窗外的風吹得好緊，雖然吹不進房裏，卻吹寒了我的心。」每在這個時刻，編寫兒歌就成了我最好的自我慰藉（例如〈感人的琴聲〉就是其中的一個例子)。

我的內心總存著一個願望，希望兒童們喜歡看這本有趣的漫畫書，喜歡念裏面的兒歌，從而得到一些有益的啟示。「好書清人心，好書怡人性」，但願兒童們的心性能受到一絲薰陶。更希望父母們能藉和孩子們一起看這本書的機會多增加一份父母和孩子間的感情，多給孩子們一份愛心。

編好第二集之後，像寫完第一集一樣，我內心裏充滿了感恩。我感激家人，我感激曾經鼓勵、關懷我的師長和好友們。

編者謹識

民國七十年六月十日於西德

公公和寶寶(二)

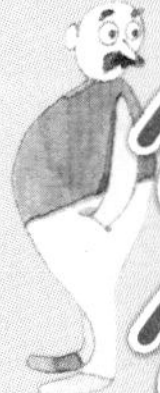

目次

生日快樂

寶寶過生日，請小朋友們一同來慶祝，大家玩得好愉快，公公卻累慘了。我們出生的那一天就是我們的生日，生日象徵生命的開始。讓我們一起來念：

生日像一年之春，
生日像一日之晨。
我們要愛惜光陰。
一年之計在於春，
一日之計在於晨。

1
2
3
4
5
6

哭沒有效

天上雪花紛紛飄，地上積雪一尺高。
公公寶寶興趣濃，堆個雪人真正好。
有個呆子太無聊，故意把雪人推倒。
寶寶氣得直哭號。
公公說：「哭沒有效！」公公裝個假雪人，
靜靜等他再來到，給他顏色瞧一瞧。
果然呆子又來了，伸手用力推雪人，
雪人不但推不倒，反而還會踢一腳。
嚇得呆子趕緊跑，寶寶樂得哈哈笑。

1
2
3
4
5
6

春天到

寶寶醒來一看，好像身在夢中的仙境一樣。原來是公公開的玩笑！這裏有一首兒歌，我們一起來念：

春天到！春天到！
春天真正好！
樹上開紅花，地上長青草。
彎彎流水泛酒窩，
隱隱遠山含微笑。

鳥兒把歌唱，
魚兒樂逍遙。
溫暖的陽光向大地普照，
原野風光無限好。
我愛春天到！
我愛春天到！
春天真正好！
我們要刻苦耐勞，
熬過了寒冷的冬天，
才能投到春天的懷抱。

水花四濺

靜靜的小湖邊，微風輕輕拂面。
寶寶揀起小石頭，丟到湖中間，
撲通一聲，水花四濺，
激起的波浪，向四周展延，
形成一個大圈圈。
公公也來投，
寶寶拍手說：「公公您的力氣大，丟得比
我遠。」

1
2
3
4
5
6

當我們把東西投到水裏的時候，會激起波浪，波浪會盪向遠方。水受到激動產生水波。空氣受到振動，則產生聲波，例如我們說話時，聲帶受到振動而使空氣隨之振動，就發出聲音。

小朋友，你們知道還有什麼波嗎？除了水波、聲波外，與我們日常生活有密切關係的，還有電磁波和光波呢。

美人魚

微風吹涼了夕陽，
水波輕輕地蕩漾。
遠遠的河那邊，
游來一位好姑娘。
「姑娘！姑娘！妳長得真漂亮。
要不要和我們一起來搖槳？」

「不行，不行，
我是美人魚！
夕陽西下時，
我要沈到水中央。」
眼看著她消失了蹤影。
公公寶寶好感傷，
淚灑四行。

空著急

寶寶在家玩遊戲，
把球胡亂踢。
一個不小心，
踢破了玻璃。
惹得公公發脾氣，
趕緊逃出去躲避。
天黑了，
還不見寶寶的蹤影。

「快九點了，還不回來，
到底逃到了那裏？」
公公坐立不安，
像熱鍋上的螞蟻。
拿著帽子，披著大衣，
到處去尋覓。
心裏想：「萬一發生意外，
那真後悔莫及。」
越想越難過，
邊走邊哭泣。

「快回來啊！好寶寶！
公公不會處罰你。」
原來寶寶早已躲在家裏，
又踢破了一塊玻璃。
「乖寶寶！公公終於找到了你！這次踢破了玻璃，沒關係！」

英勇立戰功

轟！轟！轟！轟！轟！轟！

砲聲響徹了天空，海軍健兒真英勇。

開足了馬力，勇敢向前衝，

瞄準好目標，向敵人猛攻。

擊沉敵人的軍艦，立下輝煌的戰功。

小朋友，這幅漫畫裏，寶寶和公公打海戰，寶寶的軍艦被公公擊沉了，他便乘機開浴池的水龍頭，把公公淋成落湯雞，然後再按沉公公的軍艦。寶寶這樣的態度好不好？

我們玩遊戲時，要有良好的風度：應公平競爭，不投機取巧，勝了不驕傲，敗了不氣餒。

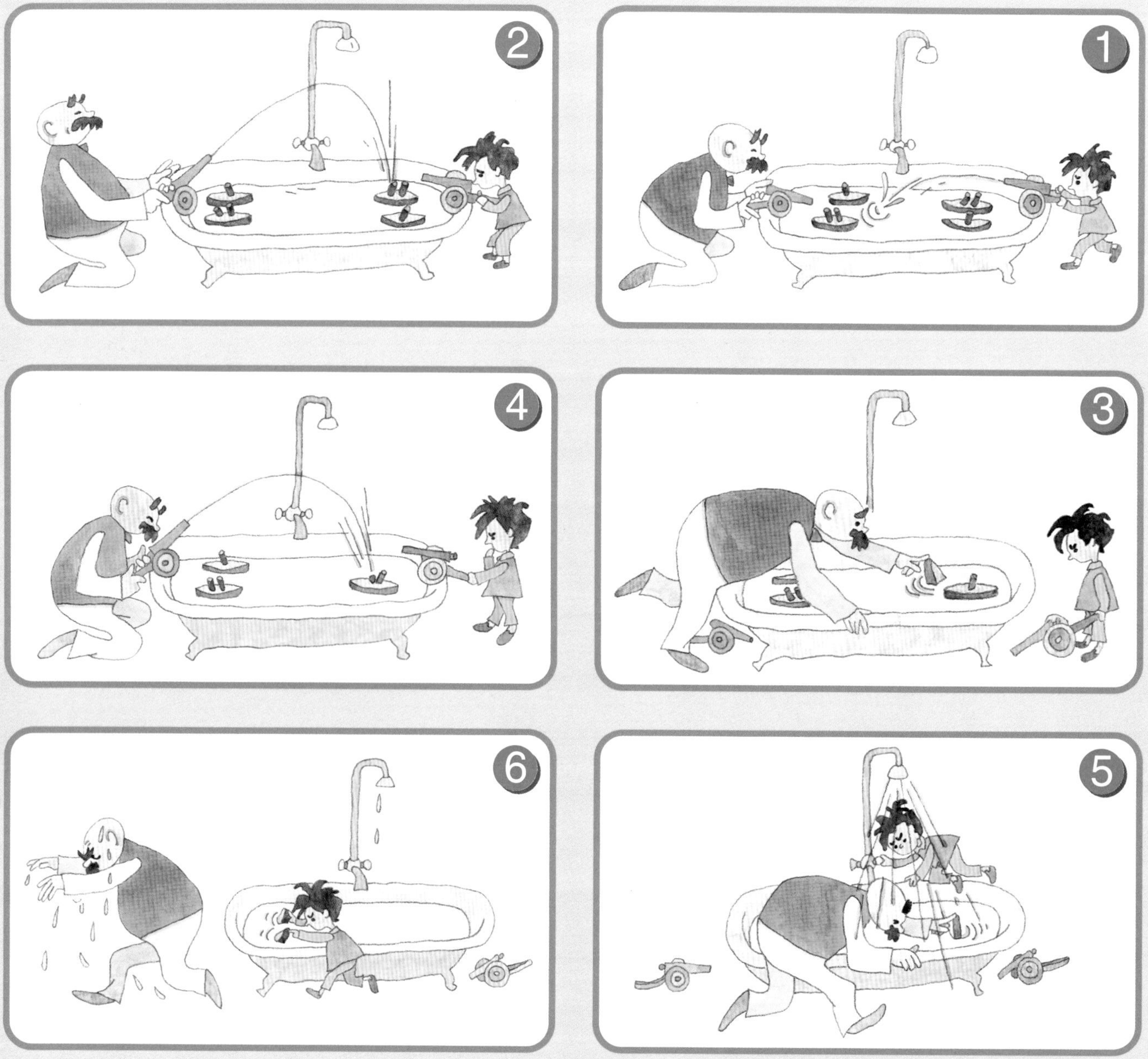

生氣沒用

馬兒跑得快，
一直向前衝。
騎在馬背上，
快樂又輕鬆。
跑到半路上，
馬兒罷了工。
拼命拉也拉不走，
使勁推又推不動，

跟牠生氣也沒用。
還是寶寶會變通，
拖了兩臺小車來，
看牠到底動不動？

小朋友，做事情遇到困難時，要動腦筋，設法去解決，生氣或哭是沒有用的。我們都知道，中華民族是世界上非常優秀的民族，中國人的頭腦是世界上極端聰明的頭腦。我們要善於運用我們的頭腦，把我們的聰明智慧用在科學研究，用在創造發明，用在造福人群，用在服務社會，用在建設國家上，使我們的國家永遠強盛。

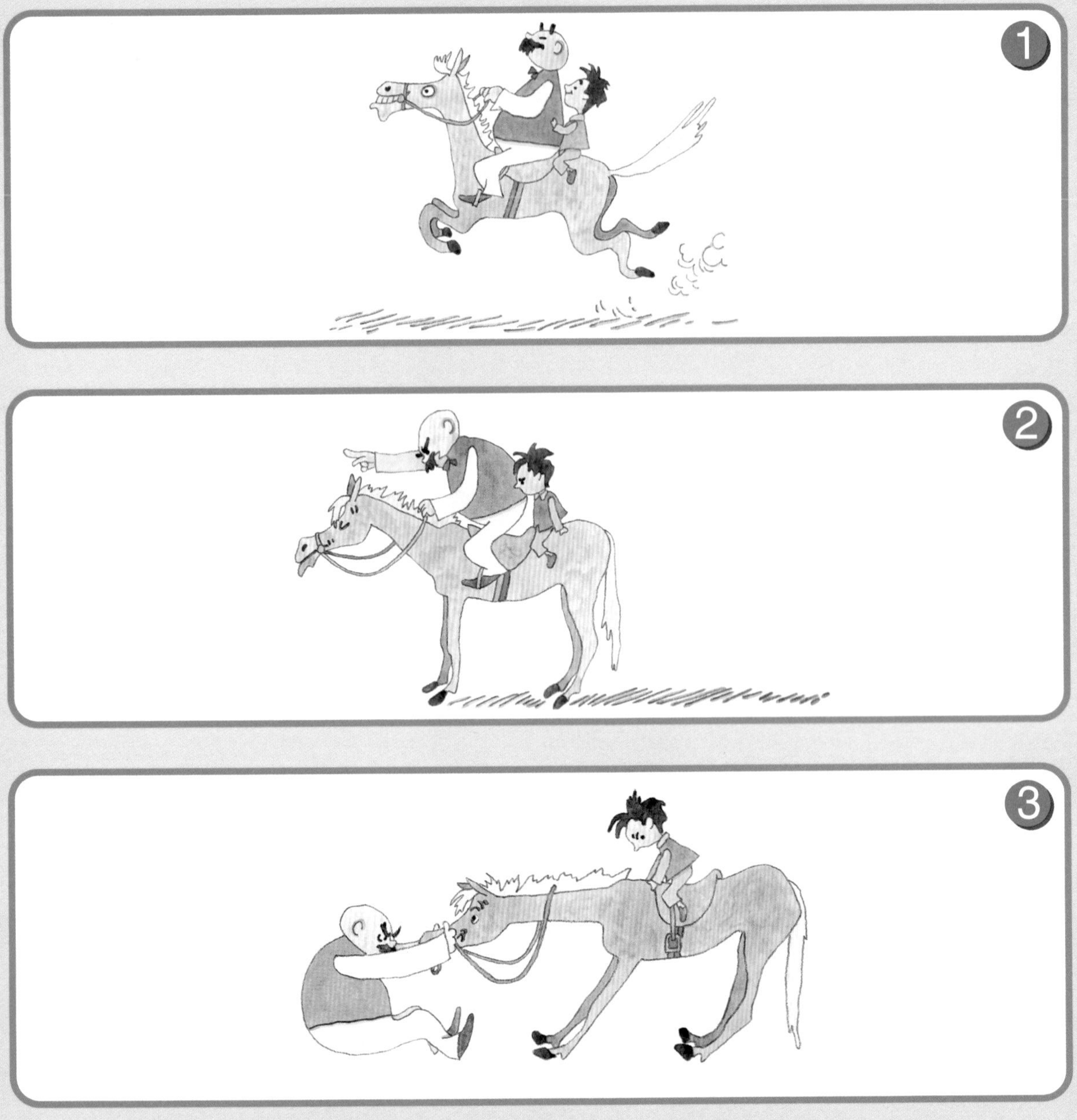

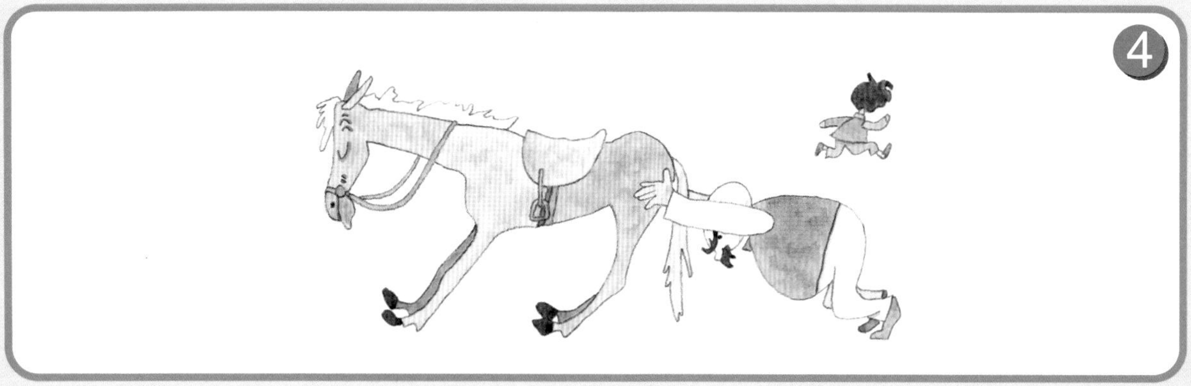
4

5

6

小小鳥

小小鳥！小小鳥！
真叫我煩惱。
公公辛苦種的豆，
你把它們啄光了！
我們氣得蹦蹦跳，
你還樂得咪咪笑。
別得意，等我蒙住你的眼，
看你怎麼再逍遙？

豆子
豆子

老哈叭

寶寶哭得哇！哇！哇！
「好寶寶，別哭啦！
我在地上爬，你上來騎馬。」
爬！爬！爬！爬下了樓梯，再往街上爬。
行人見了好驚訝；
小狗看到了，以為是條老哈叭。

小朋友，通常狗在害怕的時候是會吠的，吠犬不咬人，所以當我們聽到狗在吠的時候，我們不要害怕，也不要去打牠。狗是很有靈性的動物，我們要善加愛護。

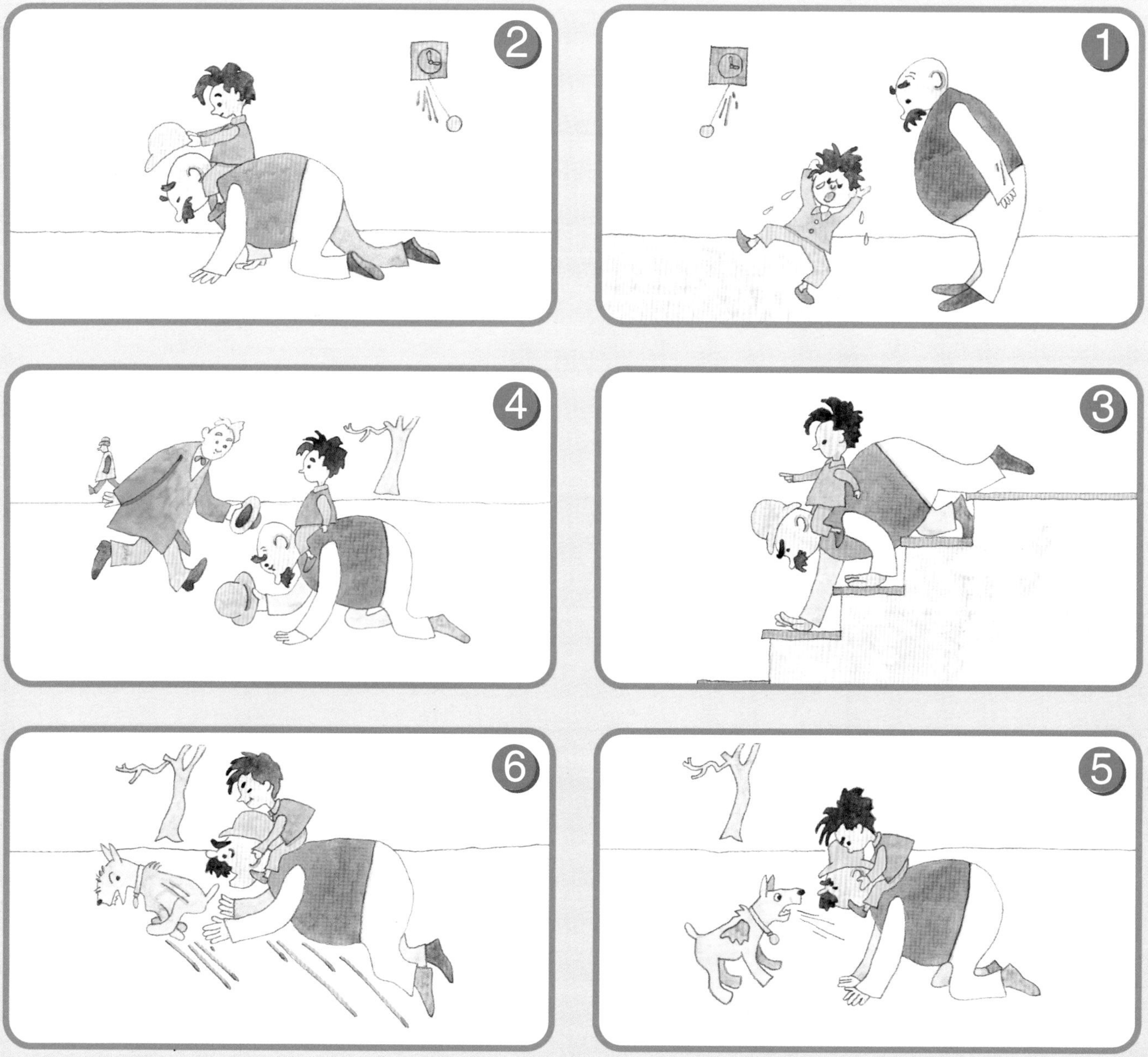
1
2
3
4
5
6

感人的琴聲

琴聲多嫋嫋，
像潺潺流水，
像蟲鳴鳥叫，
使您覺得像白雲，在藍天上輕飄。
琴聲多瀟瀟，
像颼颼寒風，
像雨打芭蕉，
使我覺得像孤舟，在汪洋中漂搖。

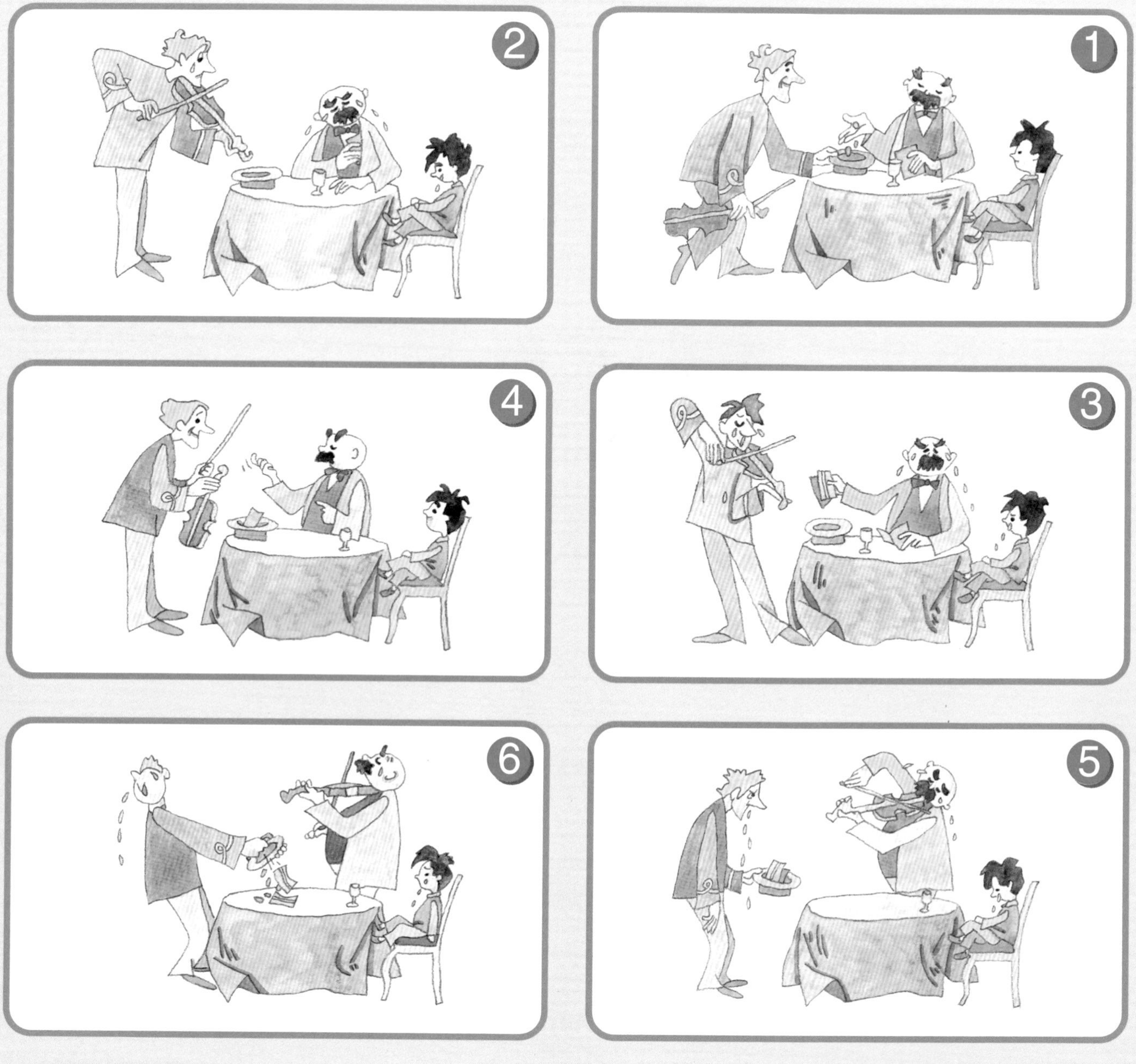

人不可貌相

小朋友，你們看水池中的海象和公公長得像不像？難怪寶寶那麼緊張。

有人笑臉長的人是馬臉，笑肥頭大耳的人是豬頭，實在沒修養。

要知道，每個人都有不同的長相，

就好比地上有高山、有平地，有大河、有小溪一樣。

我們別以為自己長得漂亮，就得意洋洋，

我們別以為自己長得不美，就自卑感傷。

「天生我材必有用」，

最重要的是心地要善良。

至於相貌，那只如同是禮物的包裝。

1
2
3
4

還是不守規矩

「這裏不可以釣魚，

你們偏偏要釣魚！

我把你們關起來，

看還守不守規矩！」

關了一整夜，

「該放他們回去。」

結果開門一看——

「啊！你們還是不守規矩！」

1
2
3
4
5
6

布袋戲

公公在演布袋戲，
阿呆打黑皮，
小孩看得好入迷。
後來阿呆被打得慘兮兮，
這怎麼可以！
寶寶拿起玩具槍，把他打成爛泥。
公公抓起寶寶來，叫警察打屁屁。

1
2
3
4
5
6

下行上效

小孩打鬧是兒戲，大人何必去學習！
小人動手亂打人，君子動口講道理。

原來的成語不是「下行上效」，而是「上行下效」，意思是說長輩怎麼做，晚輩會跟著怎麼學。父母的言行對子女的影響很大，所以「身教」重於「言教」。

這幅漫畫裏的公公為了寶寶和別的小孩子打鬧的小事，竟和別人大打出手，真是「下行上效」。大人為了小孩子的事而傷了彼此的和氣，實在是不智的。

像不像自己

公公寶寶真淘氣。
照相不照臉，
拱起屁股對相機。
洗出的照片不像人，
這到底是什麼東西？
只有憑印象，畫眉畫眼鼻。
「二位請看看，像不像自己？」

1
2
3
4
5
6

忍無可忍

中國人固然有耐性，
能為人所不能為，忍人所不能忍。
但是
到了忍無可忍的最後關頭，絕不逆來順受。
大家及時奮起，
對來犯的頑敵，予以迎頭痛擊！

小朋友，我們不欺負別人，也不讓人欺負。對弱小的同學們，我們非但不去欺負他們，還要在他們需要幫助的時候，盡量扶助他們，這才算是堂堂正正的中國人。怕強欺弱的人沒骨氣！

1
2
3
4
5
6

受施慎勿忘

公公寶寶好心腸，
看到路上有個人，
拖車上坡苦難當，
趕緊跑過去幫忙。

誰知他
非但不努力，
反而坐著把福享。
這種人，心地不善良。

小朋友，你們說，該不該打他幾巴掌？

人與人之間要互相信賴，互相幫助；不是互相猜忌，互相爭鬥。在我們遇到困難，別人誠意給予我們適度的幫助時，我們要心存感激，我們要更加努力向上，受施慎勿忘。等本身自立自強以後，盡力去幫助別人，而且要切記：「施人慎勿念」。大家如此，人人才能和睦，社會才能和諧。和諧的人生是我們追求的目標，這是我們中國人的傳統思想，也是我們中國人的人生觀。

交通規則要遵守

開車不超速，
行人靠邊走。
上車要排隊，
不爭先恐後。
黃燈不可闖，
紅燈要停留。
交通有規則，
大家要遵守。

責人太甚

寶寶踢足球，踢到別人頭。
趕緊去道歉，他卻不接受。
公公訓寶寶，他還不罷休，
吼叫像瘋狗，想把寶寶揍。
寶寶好害怕，嚇得淚直流。
「你責人太甚，砸你的狗頭！」

1
2
3
4
5
6

貪心的呆頭鵝

哦！哦！哦！

游來一隻大白鵝。

白鵝！白鵝！你的肚子餓不餓？

我來餵你吃米花，一顆一顆又一顆。

把你餵飽了，你還不快樂。

俗話說得好，

「餓鬼吃飽飯，還要討酒喝。」

你真是貪心的呆頭鵝！

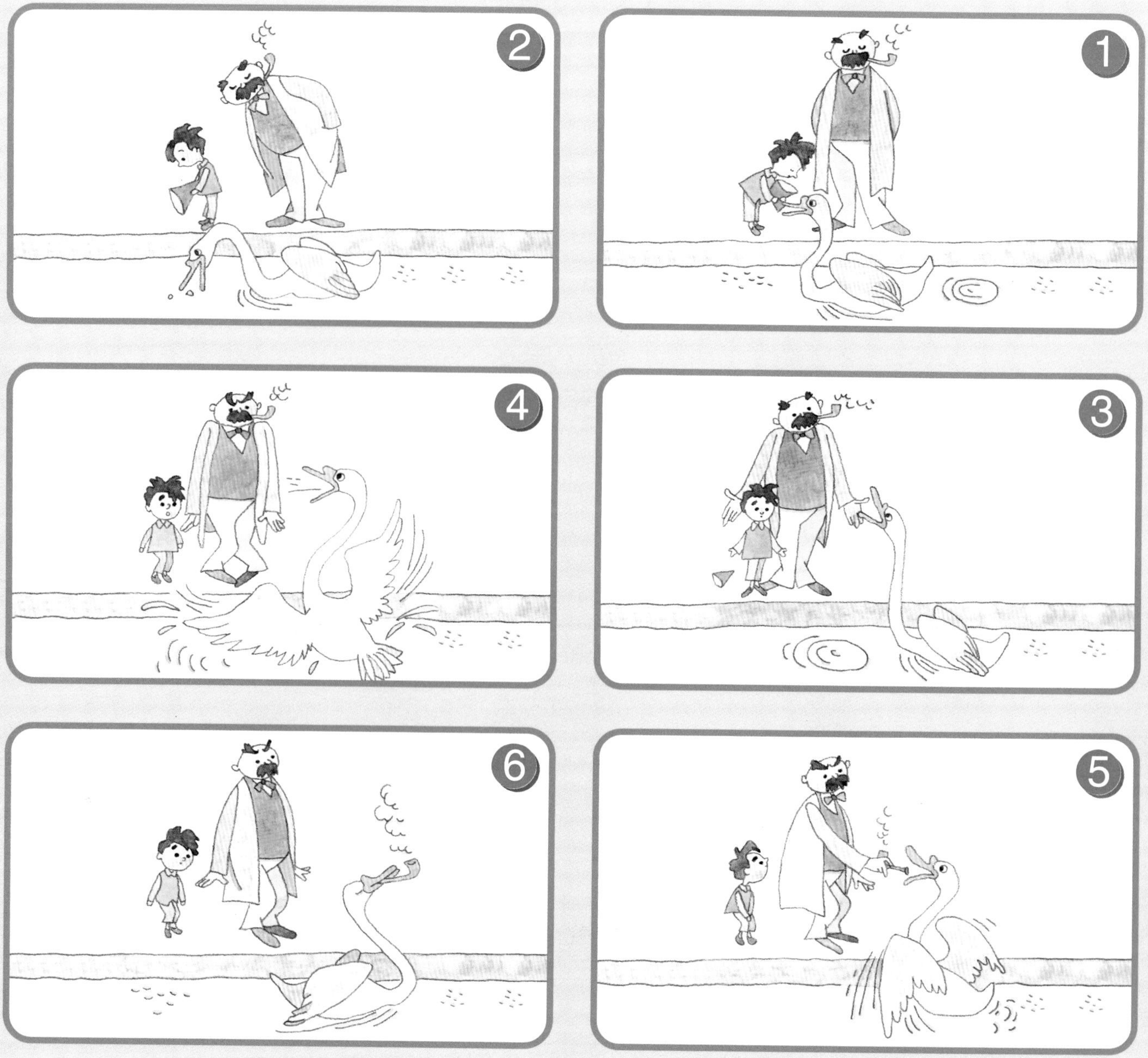
1
2
3
4
5
6

吃糖有方

聽說患夢遊症的人在夢遊時不可受到驚擾，否則會發生意外。

寶寶夜裏想吃糖果，公公不准他吃，於是他想出了這個吃糖果的妙計。小朋友，你們說這樣好不好？

4
夢遊人
不可打擾否則
有生命危險

3

6

5

不可偷吃大蛋糕

桌上有個大圓盒，裏面一定是蛋糕。
寶寶看了流口水，真想馬上吃個飽。
可惜旁邊有字條，「不可偷吃大蛋糕！」
先吃一口再說罷！反正公公沒看到。
悄悄爬到桌上去，輕輕掀開蛋糕盒，
結果被抓個正著。

1
大蛋糕
2
大蛋糕
3
大蛋糕
4
大蛋糕
5
大蛋糕
不可偷吃
大蛋糕！
6
大蛋糕
不可偷吃
大蛋糕！

天下無難事

讀書要努力，考試要細心。考的成績好或不好，都要讓父母知道。寶寶數學（算術）考得不好，想出怪主意讓公公簽名。小朋友，這樣做好不好？其實只要我們肯努力，再難的事也會變得容易的。讓我們一起來念：

一二三四五，
我愛做算術。
六七八九十，
天下無難事。

全錯！
公公簽字！

偽裝

公公您做大白兔，小白兔由我來裝。

走！走！走！走到森林去照相。

真假白兔在一起，大家玩得好歡暢。

突然傳來獵狗聲，汪！汪！汪！

真白兔都逃走了，假白兔舉手投降。

獵人笑著說：

「原來是你們，幸好我沒先開槍。」

1
業餘攝影
比賽
2
3
4
5
6

捷足先登

小朋友，桌上的撲滿究竟是誰打破的？而結果又怎樣呢？本集的最後一頁上有謎底，在揭開謎底以前，請先猜猜看。

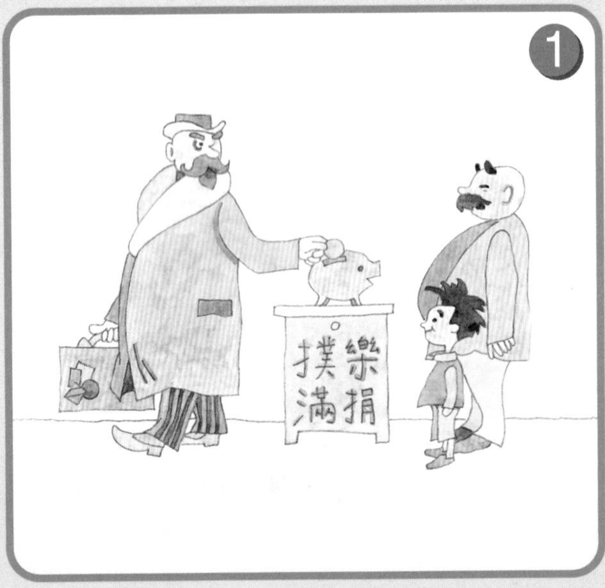

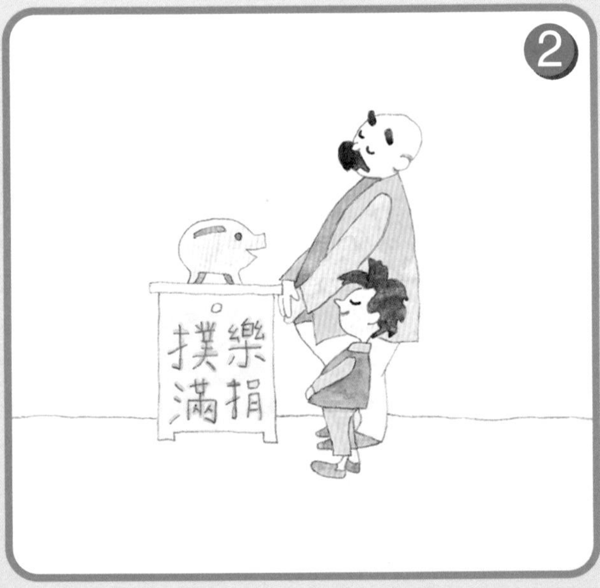

3
樂捐
撲滿
4
5
樂捐
撲滿
6

這本書真有趣

這本書真有趣，
不但寶寶喜歡看，
公公看了也著迷。
泡茶的時候，把煙草當茶葉；
倒「茶」的時候，把水灌到帽子裏。
走進浴室去洗澡，忘了先脫衣。
這本書真有趣，看了使人迷。

1
最有趣
的好書
2
3
4
5
6

全功盡棄

寶寶不喜歡理髮，邊理邊哭。公公想要逗他笑，故做滑稽相。理髮師也邊理邊看，結果把寶寶的頭理成了這個模樣，不是公公所要求的「前長後短」，而是「前短後長」。

小朋友，我們一起來念：

做事精神要集中，
切不可粗心大意。
如果做事當兒戲，
一定會「全功盡棄」。

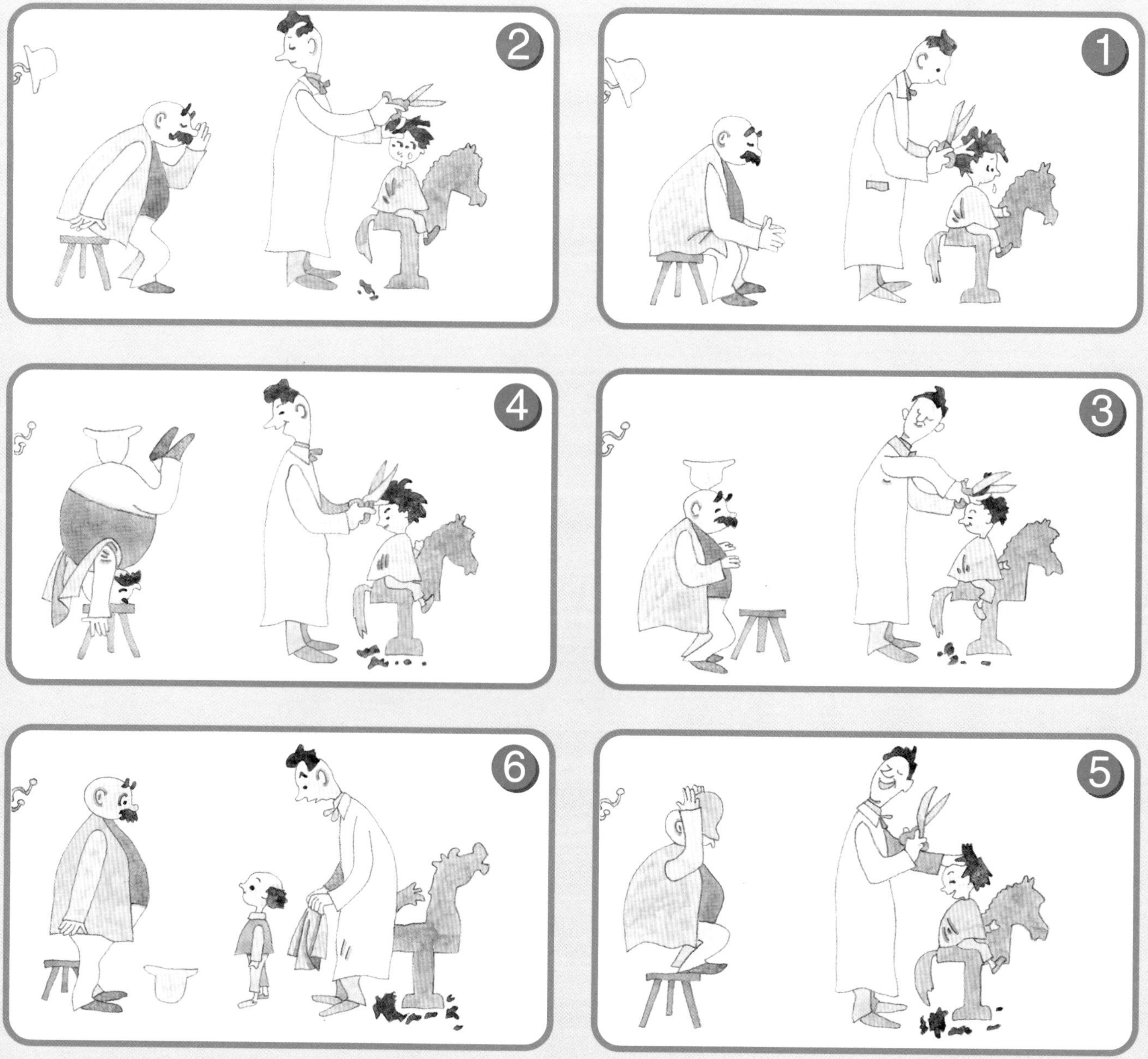
2
1
4
3
6
5

小白兔藏的蛋

每年三月廿一日或廿二日開始算起月圓後的第一個星期日是復活節。相傳在這天小白兔會把蛋藏在外面（實際上是父母藏的），然後讓小孩們去尋覓（相當於聖誕老公公在聖誕節會帶來禮物一樣）。在國外（例如美國或德國），當天可以看到在商店裏有很多各色各樣的蛋，這些「蛋」並不一定是真蛋，有的是巧克力蛋。

這天公公掛了一幅小白兔藏蛋圖，並且為寶寶講小白兔藏蛋的故事。寶寶聽了以後，打定了主意，他要去找蛋。我們來看看他到底怎麼找法。

蛋
小白兔藏蛋
?
小白兔藏蛋

保護

阿呆追寶寶，追得氣呼呼。
公公趕上前，挺身去保護。
阿呆不講理，凶得像野豬，
還想要動武。
一看——
公公力氣大，能拔一棵樹！
嚇得掉頭跑，像隻小老鼠。

1
2
3
4
5
6

寫給《公公和寶寶》小讀者的長輩們：

我們不但要學著保護自己，而且還要發自愛心保護自己的家人，在家人受到別人的欺侮或誣衊的時候，要挺身出來保護，就像公公保護寶寶一樣。這種對內團結一致，對外抵禦外侮的精神，要從小就開始培養。愛心就是培養這種精神的原動力，家裏的長輩能對晚輩們多付出一分愛心，以鼓勵取代責罰，摒除「打罵就是愛」的陳舊觀念，時時給予適度的關愛和照顧，晚輩們就能多得到一絲愛的薰陶，對自己多建立一點自尊和自信，對家庭多產生一分向心力。

家庭生活是社會團體生活的縮形，大家和睦相處、互相關懷，會使家庭充滿歡樂與和諧。如果家庭裏的長輩們失去了和睦而又不互相尊重，晚輩們很可能會「上行下效」，形成不正常的心態，彼此漠不關心，互相爭鬥。這種不正常的影響所產生的後果是：晚輩們小時候為了小事情鬥，長大了就會為大問題鬥；在家裏和親人鬥，以後到了社會就可能和別人鬥。有些人為了家產而鬧得親情蕩然，甚至不惜干戈相對。追溯根源，大都起自他們從小在家裏就彼此不和睦的緣故。可以這麼說：對自己家人苛刻而缺乏親情的人，以後很可能會淪為唆使外人打擊自己親人，幫助敵人殘害自己同胞的漢奸！

愛心能使人人和睦，愛心能使社會和諧，而和諧的人生是我們中國人追求的最高生活境界。

失火

談到失火，記得有這樣一個故事：從前有一個瞎子和一個跛子住在一起。有一天，房子失了火，跛子行動不方便，跑不出來；瞎子看不見，不知道從那裏逃出去。正在這個緊張萬分的時候，兩個人突然想出了逃命的方法。小朋友，你們知道他們是怎麼逃出來的呢？原來是瞎子背著跛子，兩個人一起逃了出來。

1
2
數學大全
數學大全
3

救火

窗口冒出了濃煙。
寶寶以為失了火，
提桶水潑到裏面。
「公公！您怎麼了？」
「我在抽煙！」

2
1
4
3

堅定不移

做事有耐心，
切不可性急。
抱定好目標，
堅定永不移。
最後的成功，
必屬於自己。

1
2
3
4
5
6

樂捐
撲滿

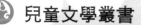

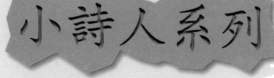

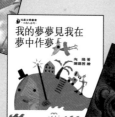

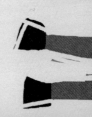

國家圖書館出版品預行編目資料

公公和寶寶 / 齊玉編. －－修訂初版一刷. －－臺北市：
東大，2008
冊； 公分. －－(公公和寶寶系列)

ISBN 978-957-19-2922-4 (第一冊：平裝)
ISBN 978-957-19-2923-1 (第二冊：平裝)
ISBN 978-957-19-2924-8 (第三冊：平裝)
ISBN 978-957-19-2925-5 (第四冊：平裝)

859.8 96022986

編 者	齊 玉
發 行 人	劉仲文
著作財產權人	東大圖書股份有限公司
發 行 所	東大圖書股份有限公司 地址 臺北市復興北路386號 電話 (02)25006600 郵撥帳號 0107175-0
門 市 部	(復北店) 臺北市復興北路386號 (重南店) 臺北市重慶南路一段61號
出版日期	修訂初版一刷 2008年1月
編 號	E 940100
定 價	新臺幣180元

行政院新聞局登記證局版臺業字第〇一九七號

ISBN 978-957-19-2923-1 (第二冊：平裝)

http://www.sanmin.com.tw 三民網路書店